W0322341

Où sont passés les os des squelettes ?

L'auteur : Joanna Cole a eu une prof de sciences qui ressemblait un peu à Mlle Bille-en-Tête. Après avoir été institutrice, bibliothécaire et éditrice de livres pour enfants, Joanna s'est mise à écrire. La série *Le Bus magique* connaît un très grand succès aux États-Unis.

L'illustrateur : Yves Besnier est né en 1954. Il habite à Angers. Il illustre des affiches publicitaires ainsi que des livres pour enfants chez Gallimard, Nathan, Hatier, Bayard. Il a dernièrement illustré *Cendorine et les dragons*, paru en 2004 chez Bayard Éditions.

L'auteur tient à remercier Stephen C. Allen, M.D., pour ses conseils judicieux lors de la préparation du manuscrit.

Titre original : *The Search for the Missing Bones*

Conception et réalisation de la maquette : Isabelle Southgate

Loi n° 49 956 du 16 juillet 1949
sur les publications destinées à la jeunesse.
Dépôt légal : mars 2005 – ISBN : 978 2 7470 1482 3.
Imprimé en Allemagne par CPI – Clausen & Bosse.

Le Bus Magique®

Où sont passés les os des squelettes ?

Joanna Cole

Traduit et adapté par Éric Chevreau
Illustré par Yves Besnier

Huitième édition
bayard jeunesse

La classe de Mlle Bille-en-Tête

Ophélie
Kicha
Anne-Laure
Lise
Arnaud

Bonjour,
je m'appelle Anne-Laure,
et je suis dans la classe de Mlle Bille-en-Tête.

Tu as peut-être entendu parler d'elle,
c'est une maîtresse extraordinaire,
mais un peu bizarre.
Elle est passionnée de sciences.
Pendant ses cours, il se passe toujours
des choses incroyables.

En effet, Mlle Bille-en-Tête
nous emmène souvent en sortie

dans son **Bus magique** qui peut se transformer
en hélicoptère, en bateau, en avion...

Ah ! J'oubliais ! La maîtresse s'habille
toujours en rapport avec le sujet étudié,
et elle a un iguane, Lise. Original, non ?

Dans ce livre, tu trouveras les exposés
que nous préparons à la maison
et les planches de la maîtresse...
Ainsi, tu seras incollable
sur les os !
Et ça, ce n'est pas mal non plus !

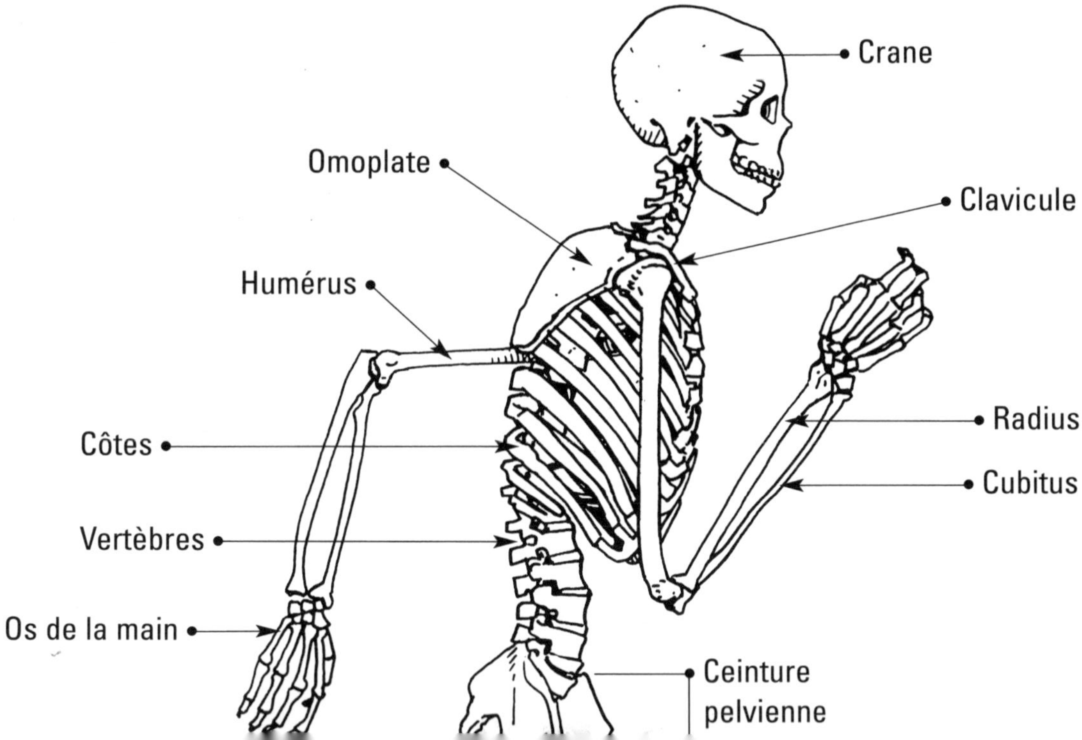
Crane
Omoplate
Clavicule
Humérus
Radius
Côtes
Cubitus
Vertèbres
Os de la main
Ceinture pelvienne

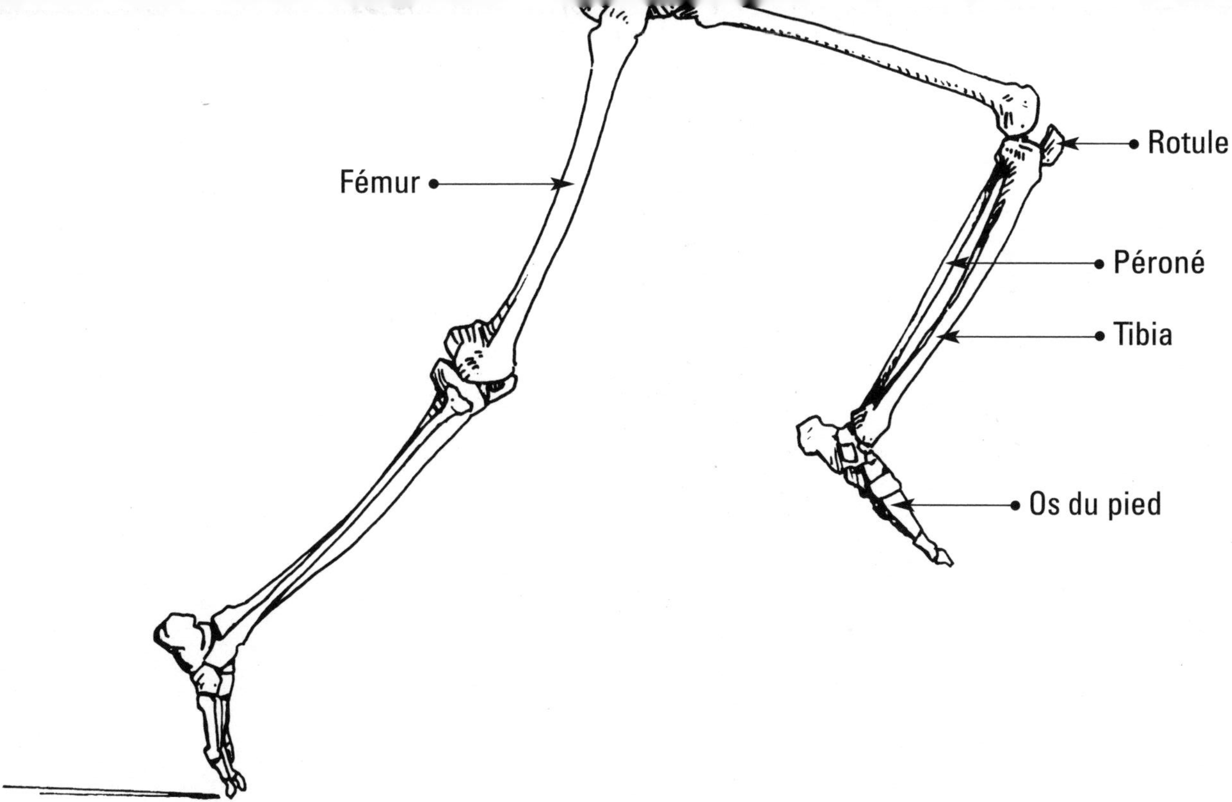
Fémur
Rotule
Péroné
Tibia
Os du pied

1
Y a un os !

Depuis une semaine, les copains et moi ne parlons plus que de Halloween et des costumes que nous allons porter ce jour-là.

– Moi, je vais être un vampire, annonce Raphaël.

– Et moi, une sirène, dit Véronique.

– Moi, je serai déguisé... en hot-dog ! s'exclame Arnaud, qui ne pense qu'à son estomac. Et toi, Anne-Laure ?

Je prends mon air le plus énigmatique pour répondre :

– C'est un secret.

J'adore les surprises. Je me demande ce que nous prépare Mlle Bille-en-Tête...

Quand notre maîtresse entre en classe, nous poussons tous un « oh ! » d'étonnement. Elle est déguisée en squelette ! Et porte une mystérieuse boîte orange. Quelque chose de vert avec des écailles est couché dessus : c'est Lise, notre lézard mascotte.

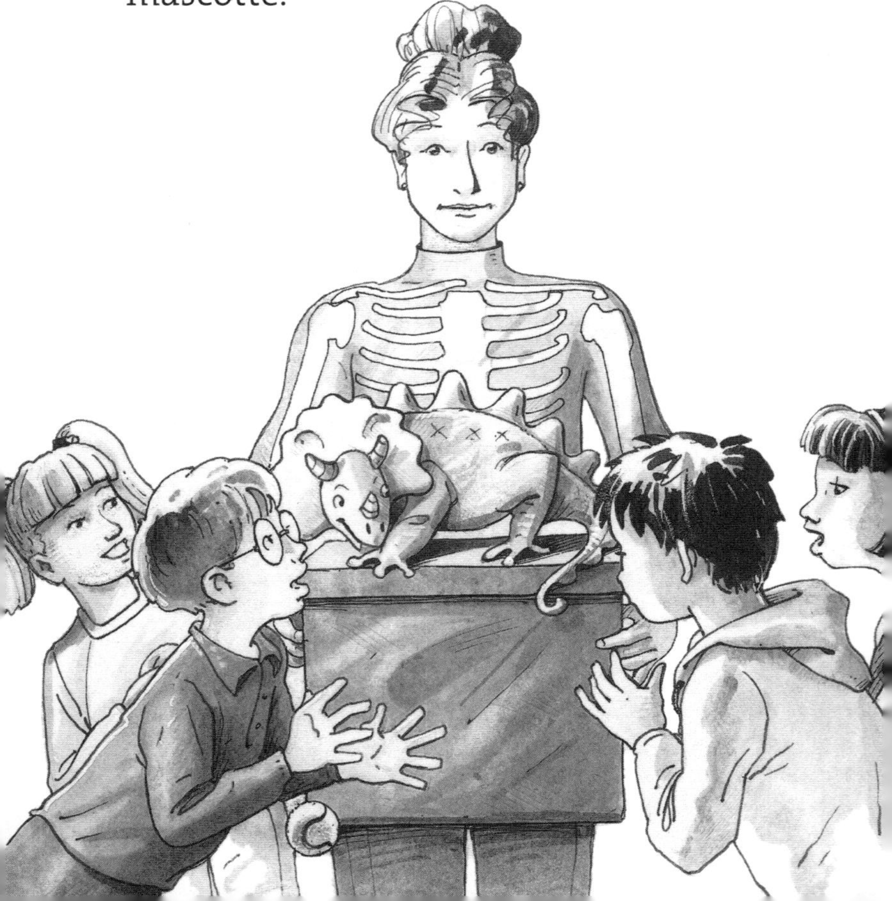

Mlle Bille-en-Tête est d'excellente humeur, comme d'habitude. Elle claironne :

– Bonjour, les enfants ! Vous savez que c'est bientôt Halloween. J'ai pensé qu'on pourrait organiser une fête cet après-midi. Qu'en dites-vous ?

– Mais on n'a pas de déguisements ! proteste Thomas.

– Pas de problème ! s'exclame Mlle Bille-en-Tête (avec elle, il n'y a jamais de problème). J'ai apporté de quoi vous mettre dans l'ambiance... et poursuivre notre cours de sciences !

Curieuse, je m'approche discrètement de la mystérieuse boîte. Que peut-elle bien contenir ? Sur le côté, je remarque une inscription en grosses lettres noires. Je lis à voix haute :

FANTÔMES ET COMPAGNIE

DÉGUISEMENTS POUR TOUTES LES PEURS

Mlle Bille-en-Tête ouvre le carton et en retire une sorte de pyjama couleur chair, avec des os dessus. Elle nous regarde avec une lueur malicieuse dans les yeux :

– Eh bien, jeunes gens, devinez de quoi nous allons parler...

– De squelette ! crions-nous en chœur.

En effet, notre nouvelle leçon porte sur le squelette humain. Et il n'y a pas de meilleure période que Halloween pour parler des os ! D'ailleurs, la maîtresse nous a demandé de préparer un exposé sur l'os de notre choix (j'ai travaillé sur celui du bras). Mlle Bille-en-Tête sourit :

– Exactement ! Aujourd'hui, nous allons comprendre pourquoi nous tenons debout. Car, sans les os, nous serions comme de gros vers tout mous, ou comme des escargots sans leur coquille.

À quoi sert notre squelette ?

L'homme est un être « vertébré », c'est-à-dire qu'il possède une charpente solide : le squelette.

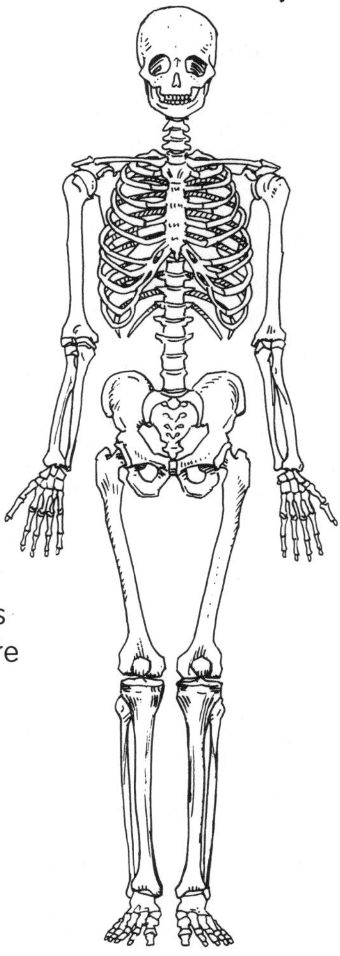

Si on nous enlevait les os, notre corps (les organes, les muscles, les nerfs) tiendrait dans une boîte de 40 cm de côté !

Les os sont les parties les plus dures de notre corps, ils protègent nos organes les plus précieux (cerveau, cœur, poumons).

Mlle Bille-en-Tête distribue un déguisement à chacun de nous, et nous les enfilons. C'est génial, car les os sont en relief : ils ont été découpés dans de la feutrine blanche et collés avec des bandes Velcro. Il y en a partout, devant et derrière. Il y a même des chaussons et une paire de gants pour tout le monde.

On se montre du doigt en rigolant. Ça

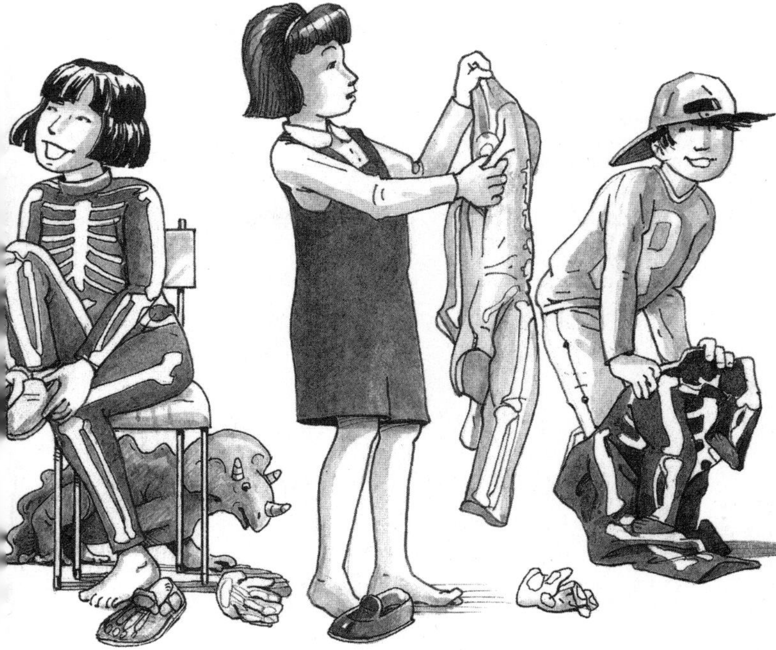

fait un drôle d'effet de ne plus avoir que la peau sur les os… euh, je veux dire que des os sur la peau !

– Tu sais que tu as de beaux os ? plaisante Carlos en passant un bras squelettique autour des épaules d'Arnaud.

Arnaud fait mine de lui donner un coup de coude dans les côtes.

Soudain, Raphaël s'écrie :

– Mademoiselle Bille-en-Tête, mais où est votre colonne vertébrale ?

– Tiens, c'est vrai, ça, dit Ophélie. Et toi, Raphaël, il te manque les os d'une main...

On s'examine sous toutes les coutures. Pas de doute : il manque des os à chaque déguisement :

Thomas n'a pas d'os de la jambe.

Véronique n'a pas d'os à l'un de ses pieds.

Kicha n'a pas d'os de la cuisse.

Carlos n'a pas d'os du bras.

Arnaud n'a pas d'épaules.

Ophélie n'a pas de côtes.

Et moi, je n'ai pas d'os entre le coude et la main. J'interroge Mlle Bille-en-Tête :

– Vous êtes sûre qu'il ne reste pas de morceaux au fond de la boîte ?

– Absolument sûre ! J'ai peur qu'il y ait eu quelques oublis. Il faut dire que le corps humain compte beaucoup d'os. Il est assez facile d'en oublier un ou deux...

Solides… mais légers

On compte 206 os dans le corps humain, à l'âge adulte : des plats, des ronds, des courts, des longs. L'enfant, lui, en possède environ 300. En grandissant, certains de ces os se rejoignent pour former des os plus longs.
L'os le plus long est celui de la cuisse : le fémur. Le plus court est l'étrier, un osselet situé dans l'oreille.
Nos os sont durs, mais creux à l'intérieur, et donc légers.

– Je pense qu'un tour chez *Fantômes et compagnie* s'impose, déclare Mlle Bille-en-Tête. Allez, hop ! Tout le monde dans le bus !

Un cri général salue la proposition de la maîtresse. Huit squelettes se précipitent aussitôt vers la sortie. Arnaud soupire :

– J'espère que ce n'est pas trop loin… Parce que je n'ai pas emporté de casse-croûte !

– Ne t'inquiète pas, Arnaud. Tu sais bien qu'à bord de notre bus, le trajet est toujours rapide.

Est-ce que je vous ai dit que notre bus est magique ? Dès que nous sommes montés et que nous avons bouclé nos ceintures, Mlle Bille-en-Tête enfonce un bouton sur le tableau de bord... Wouf ! Le Bus magique se transforme en avion à réaction, et nous voilà partis !

2

Le fantôme de Joe

L'avion magique file dans le ciel bleu. Mlle Bille-en-Tête, toujours aussi gaie, fredonne une comptine. Nous reprenons en chœur :

« As-tu vu le fantôme de Joe ?
Il n'a plus que la peau sur les os.
Oh, oh, oh !
Il fait froid dans le dos ! »

La maîtresse n'a pas menti : le trajet est très rapide.

– Nous y sommes, les enfants ! annonce-t-elle bientôt.

Nous regardons par les fenêtres.

Avec ses murs de pierre grise complètement décrépis, l'entreprise *Fantômes et compagnie* ressemble plus à un vieux château hanté qu'à une usine !

L'avion magique se pose et se transforme de nouveau en bus. Nous descendons, impressionnés par le silence de mort qui règne sur le parking. Il y a plusieurs bâtiments ; nous nous dirigeons vers le plus grand.

Au moment où nous ouvrons la porte, un cri retentit à l'intérieur, puis un deuxième. On reste figés, tandis que les hurlements se poursuivent. Lorsqu'ils s'arrêtent enfin, je demande, le cœur battant :

– Qu'est-ce que... c'était ?

On se regarde tous ; personne ne répond.

La maîtresse, qui a passé la tête par la porte, nous fait signe de la suivre.

Après le silence du parking, nous sommes surpris par l'agitation qui règne ici. Les employés courent dans tous les sens. Ils poussent des chariots encombrés de cartons ou agitent des papiers en criant pour couvrir le bruit des machines. Les téléphones n'arrêtent pas de sonner.

Un homme aussi maigre qu'un squelette, avec des cheveux ébouriffés, sort en coup de vent d'un bureau. Sur la porte, on peut lire :

M. Haussmann
Président-Directeur général

Il rugit :

– Qui a enregistré cette commande pour cinq cents déguisements de Dracula ? Jamais on ne pourra en fabriquer autant en si peu de temps !

Une jeune femme intervient :

– C'est moi, monsieur le directeur. Je suis désolée, j'ai oublié de vous en parler. Mais ne vous inquiétez pas, je m'en occupe tout de suite.

Elle part en trottant comme une petite souris.

Avant que le directeur ne regagne son bureau, nous nous avançons. En voyant tous ces squelettes, M. Haussmann écarquille les yeux.

– Qui êtes-vous ? demande-t-il.

La maîtresse se présente :

– Je suis Mlle Bille-en-Tête, et voici mes élèves. Il semble qu'il y ait un problème avec nos déguisements. Il nous manque un ou plusieurs os à chacun...

Le directeur a l'air complètement dépassé :

– Oui... euh, comme vous le voyez, avec Halloween nous sommes assez débordés. Je suis confus, mais nous n'avons plus le

moindre déguisement de squelette en réserve...

Il se passe une main dans les cheveux. Puis il dit :

– Écoutez, je n'ai vraiment pas le t... À moins que... J'ai une idée ! Nos entrepôts sont pleins de pièces de rechange. Vous pourriez peut-être les chercher vous-mêmes ?

– Eh bien... euh, pourquoi pas ! répond Mlle Bille-en-Tête.

– Tant mieux ! Je vais vous montrer l'endroit où nous stockons les os.

M. Haussmann nous raccompagne à l'extérieur. Il désigne un immense hangar :

– C'est là ! C'est très grand, il y a plusieurs salles numérotées, et... Oh ! je vois que vous êtes venus en bus... Cet entrepôt est équipé d'un tapis roulant géant. Nous l'utilisons pour transporter les caisses les plus lourdes. N'hésitez pas à l'emprunter avec votre bus, vous gagnerez du temps.

M. Haussmann fouille dans sa poche. Il en retire une télécommande et une feuille de papier :

– Pour arrêter le tapis, appuyez sur ce bouton-ci. Pour le faire repartir, c'est ce bouton-là. Et prenez ce plan. Ce bâtiment est tellement vaste que vous risquez d'errer pendant des heures.

– Merci pour votre aide, monsieur le directeur, dit Mlle Bille-en-Tête. Vous êtes très aimable.

Tiens, c'est bizarre... Il me semble que la maîtresse et le directeur de l'usine ont échangé un clin d'œil.

Deux minutes plus tard, Mlle Bille-en-Tête conduit le bus jusqu'au tapis roulant. Ce dernier ressemble un peu à ceux qu'on trouve dans les aéroports, à l'arrivée des bagages... mais en beaucoup plus grand ! La maîtresse coupe le contact et

appuie sur le bouton « marche » de la télécommande. Le tapis se met en route en ronronnant.

Mlle Bille-en-Tête consulte alors le plan pour trouver la salle n° 1 :

– Ah ! Nous y voilà !

Elle arrête le tapis roulant.

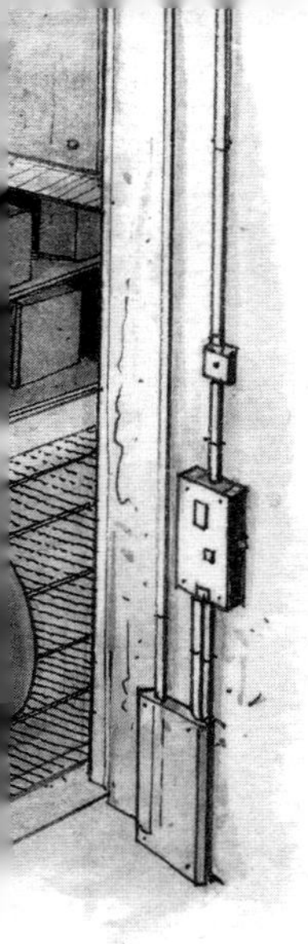

– Mes enfants, la chasse à l'os commence ici ! Vos exposés vous aideront peut-être dans vos recherches...

Nous descendons du bus. Je suis un peu découragée par l'étendue de la salle. De chaque côté du tapis sont alignées des étagères, et sur leurs rayons s'empilent des dizaines de cartons. D'autres encore sont éparpillés à même le sol. Par où commencer nos recherches ?

Mlle Bille-en-Tête tape dans ses mains :

– Allons, les enfants, au travail !

Nous ouvrons les cartons les uns après les autres. Ophélie se lamente :

– Ce sont tous les mêmes os ! Plats, avec cinq doigts... Je pense que ce sont des mains !

Mais Raphaël secoue la tête :

– Non, ça n'y ressemble pas du tout !

Il nous montre les os de sa main gauche.

– Regardez, les miens sont beaucoup plus courts...

– Je sais ! crie Véronique. Ce sont les os du pied !

Que d'os !

Chaque pied comporte 24 os.
Le rôle des pieds est très important : ils nous empêchent de tomber. C'est pour cela que ces os sont plus longs et plus plats que ceux de nos mains !

Véronique

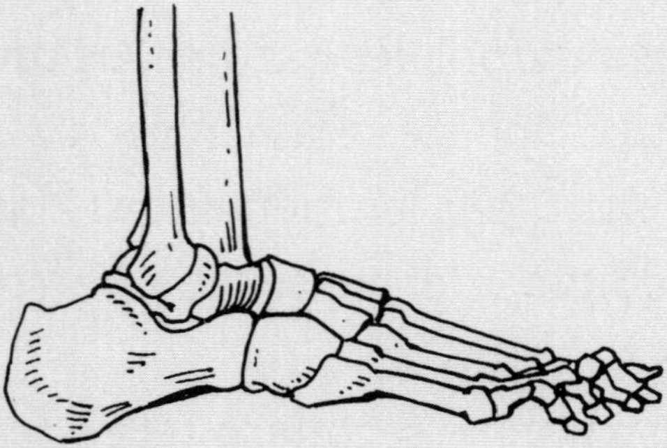

– Oh là là, gémit Véronique. Il y a tellement de tailles différentes ! Jamais on ne trouvera celle qui correspond à mon pied !

– On n'a pas le choix, dit Ophélie. Si on veut faire la fête cet après-midi, on doit récupérer tous les os qui nous manquent.

– Et on y arrivera plus facilement en s'y mettant tous, ajoute Mlle Bille-en-Tête. Comme disait mon arrière-arrière-grand-oncle, Gérard Trouvetout, « à deux, on y voit mieux » !

Véronique a une idée. Elle détache les os de son pied gauche.

– Comme ça, dit-elle, on pourra comparer les tailles.

Nous nous mettons deux par deux pour aller plus vite. Et, en cas de doute, on se passe les os de Véronique pour mesurer :

– Trop gros !

– Trop petit !

– Trop long !

– Trop fin !

Enfin, un cri retentit :

– Bingo ! Cette fois, je crois que j'ai trouvé !

C'est Thomas qui vient de pousser le cri de la victoire. Il est accroupi aux pieds de Véronique : on dirait un vendeur dans un magasin de chaussures. Il demande :

– Eh bien, comment vous sentez-vous avec cette nouvelle paire de pieds, mademoiselle Véronique ?

– Ils me vont parfaitement, monsieur Thomas ! répond-elle en imitant la cliente satisfaite.

Mlle Bille-en-Tête félicite Thomas.

Finalement, la chasse à l'os est bien partie. Mais nos recherches sont loin d'être finies.

Nous regagnons le bus lorsque, soudain, le même hurlement sinistre retentit dans le hangar. Arnaud bégaie :

– Qu… qu'est-ce qu… que c'est ?

– Le fantôme de Joe…, murmure Thomas.

3 Une drôle d'apparition

On est comme paralysés. Personne n'ose plus parler. Au bout d'un long moment, le hurlement s'arrête enfin. Mais quelle frousse ! J'en tremble encore en m'asseyant sur mon siège.

Mlle Bille-en-Tête se décide à briser le silence :

– Allons, mes enfants, il y a sûrement une explication rationnelle à cela ! C'est peut-être le vent, ou le bruit d'une machine qui se déclenche... De toute façon, il faut avancer.

Les articulations

Les os ne sont pas collés entre eux :
ils sont simplement retenus par les ligaments, des sortes d'élastiques, et reliés par des articulations.
Les os bougent grâce à un « moteur », le muscle, auquel ils sont reliés par des cordons appelés tendons.
Sans la force des muscles, les hommes ne seraient que des pantins sans vie !

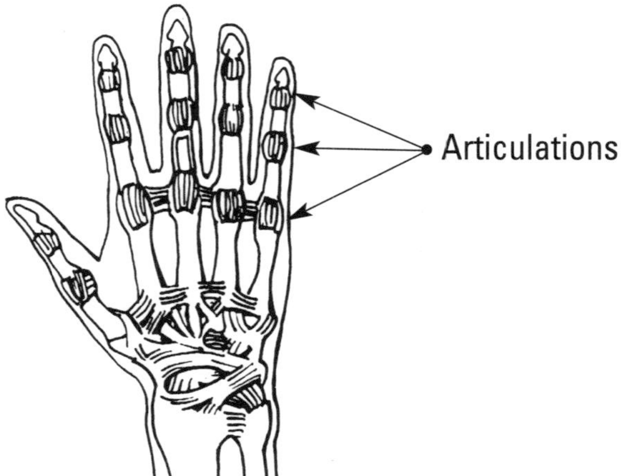

Elle jette un œil sur le plan :

– Prochaine étape : salle n° 2. C'est là que nous trouverons les os des jambes.

– Chouette ! s'exclame Thomas. On va pouvoir compléter mon déguisement.

Véronique remue ses pieds tout neufs en les regardant d'un air pensif.

– Dites, mademoiselle, comment les os peuvent-ils bouger dans tous les sens ?

– Excellente question, Véronique. Justement, j'ai apporté une série de planches anatomiques. Ce sont des schémas qui représentent des parties du corps humain. En voici un qui montre une articulation. Il va vous permettre de mieux comprendre comment bougent les os.

Mais Véronique ne semble pas vraiment satisfaite de la réponse :

– J'ai compris le rôle des articulations. Mais pourquoi je ne peux pas faire bouger tous mes os de la même façon ?

– Eh bien, dit Mlle Bille-en-Tête, il existe plusieurs sortes d'articulations. À votre avis, quelle est l'articulation la plus mobile ?

Nous nous mettons à gesticuler dans tous les sens. À croire qu'on est devenus fous ! Ophélie, future danseuse étoile, fait le grand écart au milieu du bus. Carlos, lui, s'amuse à bouger tous ses doigts, tandis que Raphaël agite les bras comme les ailes d'un moulin !

– Hé ! Ça va pas, non ? lui crie Véronique. Tu as failli m'assommer.

– Pardon ! s'excuse Raphaël.

– Je vois, dit la maîtresse, que Raphaël a trouvé la réponse…

Arnaud, qui essaie depuis tout à l'heure d'atteindre ses orteils avec le bout des doigts, se désole :

– Pourquoi je ne peux même pas toucher mes pieds ?

– L'autre jour, au cirque, raconte Carlos, j'ai vu une femme-caoutchouc : elle pouvait se tordre dans tous les sens, et même se gratter l'oreille avec le pied ! Vous croyez qu'elle avait des articulations en plus, mademoiselle Bille-en-Tête ?

La maîtresse éclate de rire :

– Mais non, Carlos. Si elle réussissait tous ces mouvements incroyables, c'est qu'à force de s'entraîner elle avait étiré ses ligaments, ces bandes élastiques qui

Les différents types d'articulation

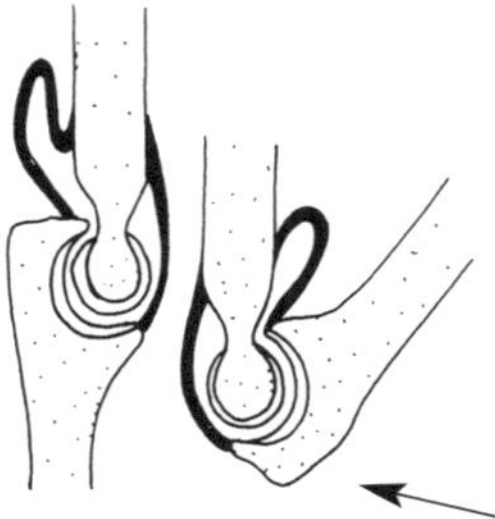

Les articulations permettent différents mouvements :

- d'avant en arrière
- circulaires
- à glissement : ce qui permet aux os de glisser facilement les uns sur les autres.

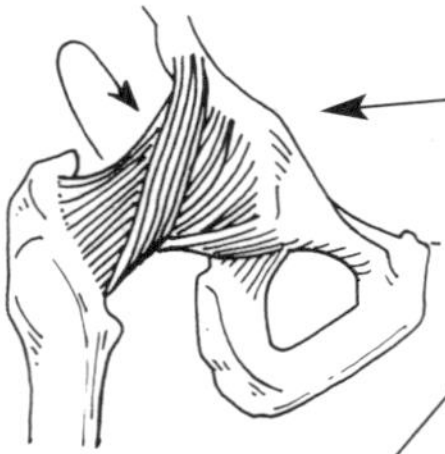

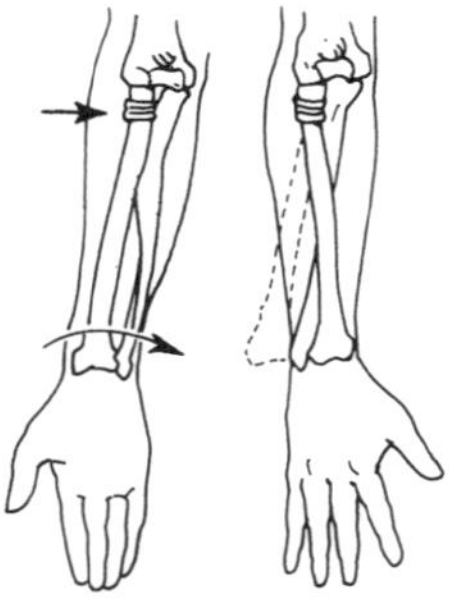

Seuls les os du crâne et du visage ne comportent pas d'articulation, sauf celle qui permet à la mâchoire du bas de bouger.

relient les os à l'endroit des articulations.

– Alors, dit Arnaud, avec un peu d'entraînement, je pourrai faire le grand écart comme Ophélie ?

– Hum... je dirais plutôt : avec *beaucoup* d'entraînement, répond Mlle Bille-en-Tête. Allons, les enfants, ne flânons pas ! Il y a encore plusieurs salles à visiter...

La maîtresse appuie sur le bouton « marche » de la télécommande, et le tapis roulant se remet en marche.

Au-dessus de la grande porte qui mène à la salle n° 2, je lis le mot « Jambe ». C'est Thomas qui va être content, lui qui a justement besoin d'un os pour la sienne !

Nous ouvrons un tas de cartons, mais... Tiens, c'est bizarre... J'ai l'impression qu'on s'est trompés de salle :

– Ça ne va pas, mademoiselle. Tous les os dans ces cartons vont par deux. On n'a besoin que d'un os pour la jambe, non ?

– Tu en es sûre ? demande Mlle Bille-en-Tête.

– Attendez ! dit Thomas. Je vérifie.

Un os en double !

Le bas de la jambe est constitué de deux os :
– le tibia, le plus gros des deux, qui se trouve sur le devant (c'est celui qui reçoit les coups de pied !).
– le péroné, caché derrière (plus fin, mais protégé par le muscle du mollet).

Thomas

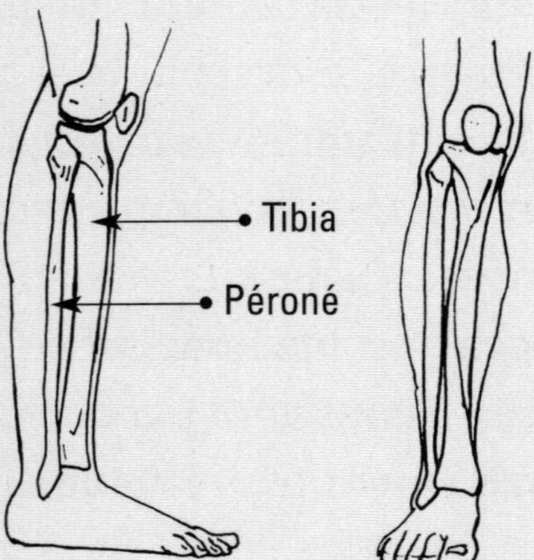

– C'est bien ça, confirme-t-il : l'os de la jambe est double.

Soudain, un choc sourd nous fait sursauter. Nous nous retournons. Une partie de la salle est plongée dans le noir. Quelque chose de foncé est couché au pied d'une étagère.

Je plisse les yeux. Le bruit est venu de là : un carton est tombé de son rayon.

C'est Véronique qui désigne le recoin sombre :

– Là, regardez ! Ça a bougé !

– Un f... fantôme..., bafouille Arnaud. Je savais que cet endroit était hanté !

– N'importe quoi ! réplique Thomas. Les fantômes, ça n'existe pas.

Pourtant, un instant, j'ai cru apercevoir une silhouette. Grande. Et verdâtre... Non, c'est impossible : moi non plus, je ne crois pas aux fantômes !

La maîtresse se penche au-dessus de la

boîte tombée par terre. Elle se redresse. Dans ses mains, elle a deux paires d'os en feutrine.

– Voyons... Et si... Viens par là, Thomas... Mais oui ! En faisant tomber par accident ce carton, notre fantôme a trouvé les os qui manquent à ta jambe. Quel heureux hasard !

La maîtresse fixe l'os double à l'aide de la bande Velcro.

– Super ! s'exclame Thomas.

– Bon... si on partait d'ici ? propose Arnaud d'une toute petite voix.

La maîtresse hoche la tête :

– Tu as raison, cet endroit n'est pas très rassurant. Et puis, l'os de Kicha nous attend. D'après le plan du directeur, ceux-là sont à l'autre bout de cette salle.

Nous remontons dans le bus et, de nouveau, le tapis roulant nous entraîne. Mais, soudain... horreur ! j'aperçois une silhouette tapie dans l'ombre, et deux yeux brillant d'une lueur verte. Je pointe un doigt dans sa direction. Tremblante, je bégaie :

– Là ! Le... le fantôme !

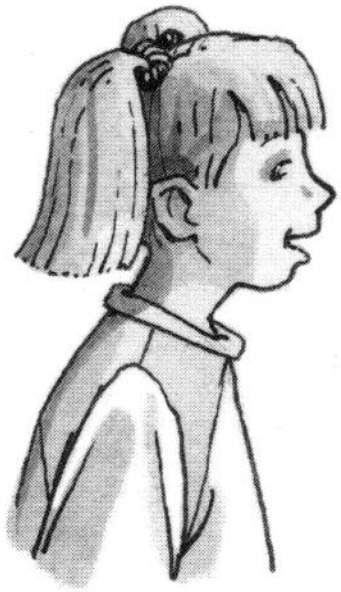

4

Kidnappée !

Tout le monde se précipite aux fenêtres du bus. Trop tard ! Le fantôme s'est volatilisé.

– Aïe !

Thomas pousse un cri de douleur : dans sa hâte, il s'est cogné à son siège. Il se masse le tibia en gémissant :

– Ouille ! Ouille ! Dites, mademoiselle Bille-en-Tête, pourquoi on a si mal lorsqu'on se cogne ?

– Eh bien... même si nos os sont solides, ils sont creux. À l'intérieur, il y a des vaisseaux sanguins et des nerfs. Ce sont eux qui transmettent la sensation de douleur.

La maîtresse sort alors une nouvelle planche.

À l'intérieur de l'os

– Cartilage
partie de l'os, élastique mais résistante, qui protège les articulations.

– Os spongieux
sa structure en éponge permet à l'os de rester léger.

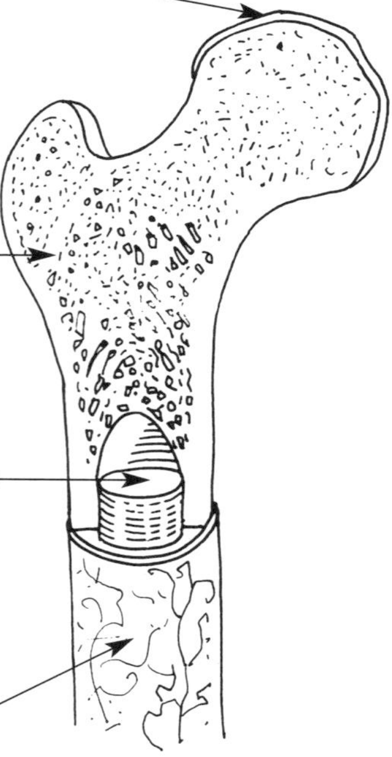

– La moelle osseuse
contenue dans l'os spongieux, elle fabrique de nouvelles cellules pour le sang (les globules rouges.)

– Os dur
la « carapace » de l'os.

Mlle Bille-en-Tête arrête le tapis roulant le long d'une étagère, au bout de la salle. En haut, on peut lire l'inscription « Fémurs ».

Nous commençons à ouvrir les boîtes, et la maîtresse nous explique :

– Le fémur, c'est l'os de la cuisse. Il est le plus long de tous. À lui tout seul, il représente le quart de notre taille.

Voyons... Comme Kicha mesure à peu près 1,20 m, on cherche un fémur d'environ 30 centimètres.

Lise m'aide à fouiller les cartons. Enfin, plus exactement, elle croit m'aider... Plusieurs fois, je dois la repêcher au fond des cartons, où elle s'est laissé ensevelir !

Enfin, je déniche un fémur, l'approche de la jambe de Kicha :

– Mademoiselle ! J'ai le bon fémur !

– Bravo, Anne-Laure !

La maîtresse s'avance et constate :

– Ce fémur se cale parfaitement entre l'articulation de la hanche et celle du genou.

Tout à coup, un cri de Thomas nous alerte :

– Hé, regardez ! Le bus s'en va sans nous ! Qui a touché à la télécommande ?

On échange des regards étonnés en secouant la tête. Personne n'a mis le tapis en route...

Nous courons à toute vitesse derrière le bus. Soudain, une silhouette apparaît dans l'encadrement de la fenêtre, à la place du conducteur...

Deux articulations pour un os

Le fémur bouge grâce à deux articulations :
– celle du genou, la plus grande, qui permet à la jambe de se plier vers l'arrière ; elle est protégée par la rotule, un os plat en forme de triangle ;
– celle de la hanche, la plus solide, car elle doit supporter tout le poids du haut du corps. Elle permet à la jambe de bouger d'avant en arrière et sur le côté.
Les os de la hanche sont recourbés vers le bas et forment un berceau, appelé pelvis, qui protège les organes mous comme l'intestin.

Kicha

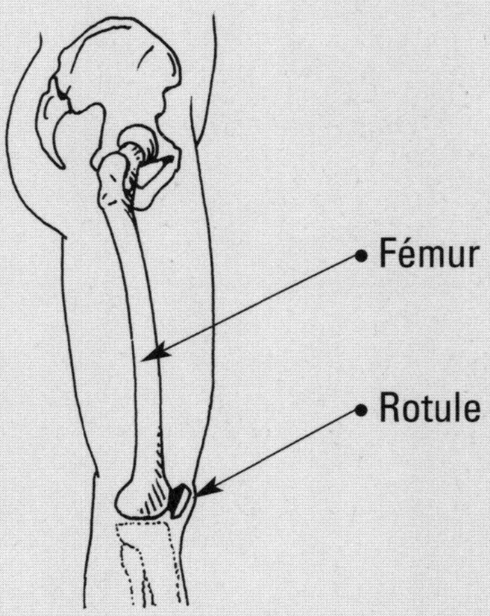

Le squelette brille de tous ses os, projetant autour du bus une lueur verdâtre. Ses deux yeux luisent dans l'obscurité. Le fantôme agite la main et pousse un ricanement sinistre... à nous glacer les os !

Par la vitre arrière, j'aperçois Lise, qui nous regarde avec ses petits yeux effrayés. Notre mascotte a dû remonter dans le bus, et le fantôme l'a kidnappée !

5

Sacré fantôme !

– Suivez-moi ! crie Mlle Bille-en-Tête. Sautons sur le tapis ! On va essayer de les rattraper !

Même si le tapis ne roule pas très vite, ce n'est pas facile ! Nous réussissons tous, tant bien que mal, à le prendre en marche... Tous sauf Raphaël ! Il trottine à côté du tapis en gémissant :

– Je n'y arriverai jamais...

Je l'encourage :

– Mais si, tu vas y arriver. Allez : un... deux... trois !

Raphaël s'élance, les bras en avant. Nous l'attrapons par les mains et tirons de toutes nos forces. Hourra ! Nous sommes au complet.

– Qu'est-ce qu'il nous veut, ce fantôme ? s'interroge Raphaël à voix haute. Il ne peut pas nous laisser tranquilles ?

Comme si le fantôme l'avait entendu, le tapis s'arrête immédiatement. Coup de chance ! Nous sommes dans la salle où sont entreposées les colonnes vertébrales. À l'autre bout du tapis, le bus nous attend...

– Vous... vous croyez qu'il est encore là ? bégaie Arnaud.

On guette quelques instants. Rien ne bouge. Pas de silhouette gesticulant à la fenêtre. Pas de lueur verdâtre. Pas de ricanement sinistre. Juste un silence angoissant. Enfin, Mlle Bille-en-Tête se décide :

– Attendez-moi, les enfants, j'y vais.

On se serre les uns contre les autres pour se donner du courage. Et si le fantôme kidnappait aussi notre maîtresse ? Je l'imagine en train d'ouvrir la portière et sauter sur elle. De longues secondes passent.

Finalement, Mlle Bille-en-Tête réussit à entrer dans le bus. Elle agite la main dans notre direction :

– Le fantôme n'est plus là ! Venez vite !

On se met à courir vers le bus. À l'intérieur, tout est normal. Le fantôme s'est envolé. Lise, tout apeurée, est blottie dans les bras de Mlle Bille-en-Tête.

– Allons, ne vous laissez pas impressionner ! dit la maîtresse. Aidez-moi à chercher mes os ! Plus vite nous les aurons trouvés, plus vite nous sortirons d'ici !

Je ne suis pas très rassurée de quitter le bus. Mais la maîtresse a raison : il faut en finir ! Je descends aider les autres. Je retourne des tas de cartons, fouille, trie.

Véronique s'exclame :

– Elles sont tordues, ces colonnes vertébrales ! Les gens de l'usine pourraient quand même les ranger un peu mieux...

– Mais non, Véronique, lui explique Mlle Bille-en-Tête, les colonnes ne sont pas droites comme des manches à balai... Attends, tu vas comprendre.

Mlle Bille-en-Tête disparaît un moment dans le bus. Elle en ressort avec une planche sous le bras.

La colonne vertébrale

C'est une chaîne en « S » de 26 os courts et ronds, appelés les vertèbres, qui nous permet de tenir debout. Les vertèbres glissent les unes sur les autres grâce à des disques, des cartilages élastiques. Ainsi, nous pouvons nous pencher en avant et en arrière, nous tourner de côté… et même toucher nos orteils.

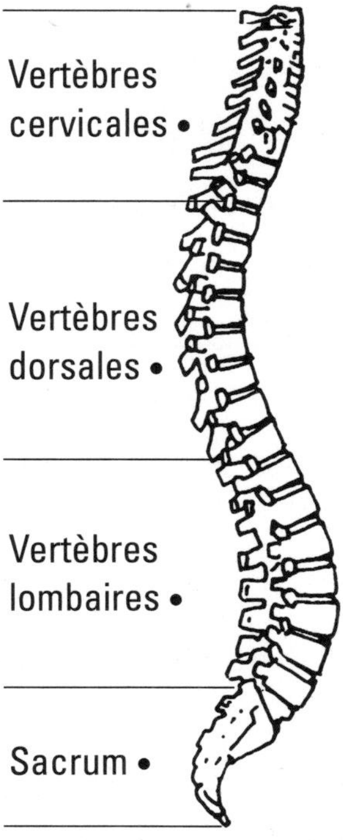

Après quelques minutes de recherches, Thomas s'écrie :

– Ça y est ! Je crois que j'ai trouvé une colonne de votre taille, maîtresse...

En effet, elle se met en place parfaitement sur le déguisement de Mlle Bille-en-Tête, entre la base du crâne et la hanche.

Juste au moment de regagner le bus, une nouvelle série de hurlements déchire l'air. Je me bouche les oreilles et, vite, je me jette sur mon siège. Mlle Bille-en-Tête remet le tapis en route. Si seulement on pouvait quitter cette usine de malheur !

6

Danse macabre !

Maintenant, nous sommes dans la salle n° 4, où sont stockés les os pour le haut du corps. Mais pas question de poursuivre les recherches tout de suite ! Il est midi, c'est l'heure de la pause casse-croûte. Les émotions, ça creuse ! Heureusement, Mlle Bille-en-Tête a pensé à tout :

– Prenez chacun votre panier-repas sous votre siège. Il y a des sandwiches au fromage, du lait et des fruits.

Arnaud n'est pas content. Il est à quatre pattes sous les sièges, et grommelle :

– Mademoiselle, je ne trouve pas mon panier repas ... Oh !

Il se redresse, l'air étonné. Il tient entre ses doigts une feuille de papier. Il lit à voix haute :

« As-tu vu le panier d'Arnaud ?
C'est le fantôme de Joe,
Oh ! Oh ! Oh !
Qui prend soin de ses os... »

Nos os se nourrissent

Entre 16 et 20 ans, nos os arrêtent de grandir. Mais, pour rester solides, ils ont toujours besoin de calcium, une substance présente dans le lait et les produits laitiers. La vitamine D, que l'on trouve dans les légumes, aide notre corps à fixer le calcium sur les os.
Pour garder des os forts, il faut donc manger des aliments riches en calcium et vitamine D, comme le lait, le fromage, les brocoli, le soja...

De nouveau, la peur nous serre la gorge. Le vol du panier d'Arnaud est signé. Le fantôme a dû profiter de son tour en bus, tout à l'heure, pour dérober un panier. On décide de partager notre panier avec Arnaud. Le pauvre ! Il fallait que ça tombe sur lui, qui est si gourmand...

Quand nous avons repris des forces, nous poursuivons nos recherches. Nous sommes pressés d'arriver au bout !

– Allez ! nous encourage Mlle Bille-en-Tête. D'après le plan, c'est ici que nous trouverons la cage thoracique d'Ophélie et les os du bras de Carlos et d'Anne-Laure. Séparons-nous en deux groupes pour gagner du temps !

Ophélie, bien sûr, est très motivée. Elle se met en chasse, aidée de Véronique, Thomas et Kicha. Ils sont les plus rapides.

Bientôt, Ophélie revient avec une cage thoracique à sa taille.

– Je comprends pourquoi on lui donne ce nom, dit-elle. Les côtes ressemblent vraiment à des barreaux !

Je suis déçue que mon groupe n'ait pas trouvé la cage thoracique. Heureusement, on fait mieux avec le bras de Carlos. Notre copain est tout fier de nous montrer son humérus, l'os qui s'intercale entre l'épaule et le coude. Il ressemble au fémur, en plus petit. Il ne reste plus à dénicher que trois

Une drôle de cage

Nous avons douze paires de côtes :
- sept paires sont fixées sur le devant à un os plat appelé le sternum ;
- les trois suivantes, accolées entre elles ;
- les deux dernières, les « côtes flottantes », sont reliées simplement à la colonne vertébrale.

Cette cage abrite nos organes les plus précieux : le cœur et les poumons.

Ophélie

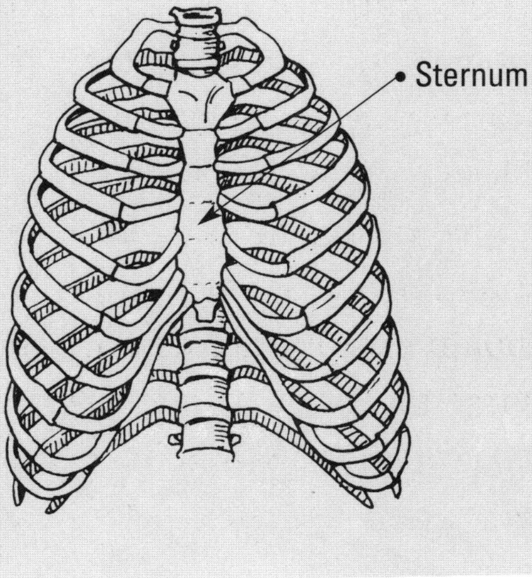

os : une épaule pour Arnaud, des mains pour Raphaël et un avant-bras pour moi.

– D'après mon plan, dit Mlle Bille-en-Tête, on devrait trouver les derniers os à l'autre bout de cette même salle.

Ouf ! Nos recherches sont presque terminées. Soulagée, je m'exclame :

– Et ensuite, place à la fête !

J'aurais mieux fait de me taire.

Soudain, toutes les lumières s'éteignent,

et on se retrouve plongés dans le noir.

– Pas de panique, les enfants, dit Mlle Bille-en-Tête (elle ne panique jamais). C'est sûrement une panne d'électricité.

– Ou notre fantôme qui nous joue un de ses tours..., gémit Véronique.

Tout à coup, je me frotte les yeux : six squelettes, entourés de leur effrayante lumière verdâtre, se lancent dans une

danse étrange : ils pivotent, virevoltent, tourbillonnent et tournicotent comme des toupies détraquées.

Puis les lumières se rallument aussi brusquement qu'elles s'étaient éteintes, et les squelettes disparaissent.

Raphaël craque.

– S'il vous plaît, mademoiselle, pleurniche-t-il, partons d'ici...

7 La dispute

Cet endroit me donne vraiment la chair de poule ! Mais je commence à me dire qu'il y a quelque chose de louche derrière ces squelettes qui apparaissent et disparaissent sans arrêt... Je ne crois pas aux fantômes, et tout cela n'est pas normal.

Un hurlement résonne de nouveau. On attend d'autres cris... Mais non ! Le silence retombe. Je jette un œil sur ma montre : treize heures. Plus vite nous aurons fini, plus vite on pourra partir.

On se dépêche de fouiller les cartons, à la recherche d'un os pour l'épaule d'Arnaud. Et c'est lui-même qui trouve une paire de petits os fins, attachés à deux gros os plats.

– Je crois que j'ai trouvé ce qui me manque ! Deux omoplates et deux clavicules, dit Arnaud.

Les deux font la paire

L'épaule est formée de deux os :
– la clavicule, reliée à la cage thoracique, tu peux la toucher sous le col de ton pull,
– l'omoplate, dans le haut du dos, qui forme une petite bosse.

Arnaud

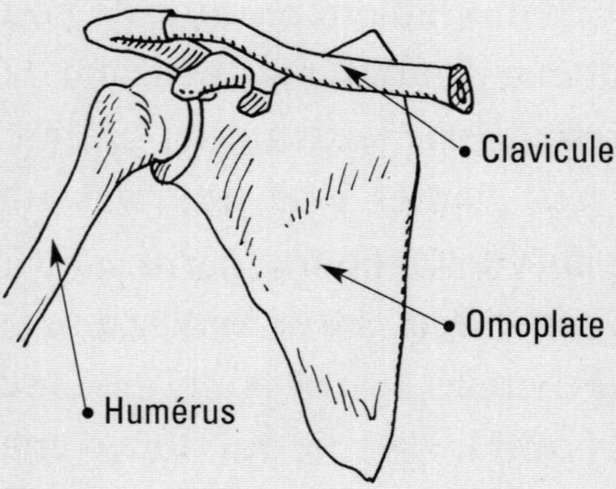

Il essaie de s'attacher les omoplates dans le dos... Mais il a les bras trop courts.

– Attends ! Laisse-moi faire.

Je vais pour accrocher les os à son épaule à l'aide du Velcro, mais j'ai un doute :

– Comme ça ?

– Tiens, prends ma fiche, il y a un schéma.

– Et voilà ! dis-je à Arnaud. Tu peux rouler des épaules, maintenant !

Arnaud commence à marcher de long en large en roulant des mécaniques. Quel crâneur !

– Tu ferais mieux de m'aider à trouver des os pour mes avant-bras...

Il se met au garde-à-vous :

– À vos ordres, chef !

Je hausse les épaules et je lui explique :

– Chaque avant-bras est composé de deux os.

– Comme pour la jambe, alors ? dit

Thomas, qui nous a entendus parler.

– Pareil. Sauf que ceux-là portent des noms différents, bien sûr. On les appelle le radius et le cubitus.

– Drôles de noms...

On fouille dans des cartons marqués « bras ». Tout à coup, des cris nous font lever la tête :

– C'est moi qui l'ai trouvé le premier !

– Non, c'est moi !

Carlos et Raphaël sont en train de se disputer. Ils tirent chacun de leur côté sur un os.

– Tricheur ! Rends-le-moi !

– Lâche-le, toi !

– Oh... Bravo ! Regarde ce que tu as fait !

En me voyant approcher, Carlos cache l'os derrière son dos.

– Montre...

Carlos me tend un os double qui a l'air de la bonne taille, mais qui est tout déchiré !

– C'est la faute de Raphaël ! affirme Carlos. Je voulais te le donner, mais...

– Quoi ? le coupe Raphaël. C'est moi qui l'ai vu le premier !

– Oh ! ça suffit, vous deux... Vous feriez mieux d'en chercher une autre paire.

Heureusement, dans le même carton, nous dénichons un radius et un cubitus de la taille de mon avant-bras. Mais, pour trouver la deuxième paire, quelle galère ! Ils sont tous trop grands ou trop petits. Je suis en colère :

– Ah, c'est malin ! Sans mon déguisement, on ne pourra jamais partir d'ici !

Maintenant, les deux garçons n'osent plus rien dire.

Mlle Bille-en-Tête intervient :

– Eh bien, nous devrons nous contenter de ceux que vous avez déchirés. Dès que nous serons rentrés, je les recoudrai moi-même.

– Dites, mademoiselle, comment faiton pour réparer les vrais os ? s'inquiète Véronique.

– Ils se réparent d'eux-mêmes, heureusement. Quand les os sont cassés (on dit « fracturés »), le médecin pose un plâtre... et puis la nature fait son travail.

Nous remontons dans le bus pour regarder une dernière planche.

Réparation naturelle !

Quand l'os se casse, du sang coule et se solidifie entre les deux parties fracturées, comme après une écorchure. On appelle cela un hématome.
Les cellules mortes de l'os sont éliminées et remplacées, à chaque extrémité, par de nouvelles cellules, qui vont raccorder (ou « souder ») les deux morceaux d'os.
Cette soudure s'appelle cal. Ce cal devient dur.
Et voilà l'os réparé !

– Combien de temps faut-il à l'os pour se réparer ? demande Kicha.

– De trois à dix semaines. Mais, si la

fracture est grave, le chirurgien est obligé d'opérer. Il fait une entaille à l'endroit de la blessure pour remettre l'os en place. Quelquefois, il doit réunir les deux morceaux d'os avec une broche, une sorte de vis.

Réparer mon os en feutrine sera une opération beaucoup moins difficile...

8 Dernier coup de main

Nous retournons fouiller dans les cartons. Raphaël s'impatiente :

– Aidez-moi ! Je n'ai pas envie de traîner dans le coin plus longtemps !

Nous nous précipitons tous. Finalement, Raphaël se contente d'une paire de mains légèrement trop petites. Mais cela vaut mieux que de moisir ici.

Nous regagnons le Bus avec soulagement, et Mlle Bille-en-Tête remet le tapis roulant en marche.

– Nous devrions revoir le jour d'un instant

à l'autre. Ensuite, direction : l'école !

– Pas trop tôt..., marmonne Arnaud.

Il exagère ! Au moins, nous avons appris plein de choses intéressantes sur le squelette humain. Et nous sommes désormais des squelettes entiers !

Pourtant, notre aventure n'est pas terminée. Il faut encore traverser un long tunnel sombre.

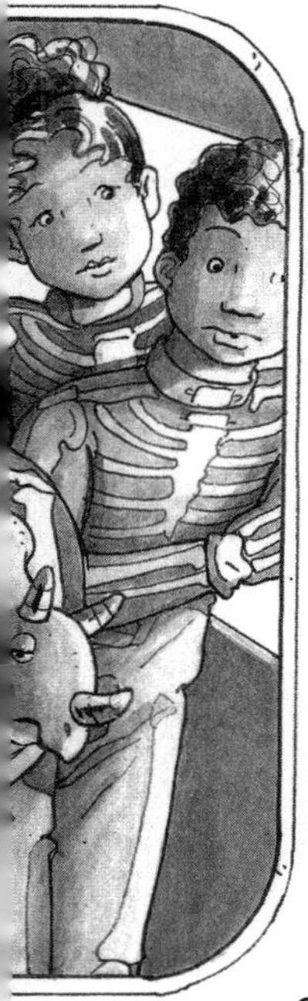

– Oh, oh ! s'exclame Arnaud. On ne va pas entrer là-dedans, hein, mademoiselle ?

– Il le faudra bien si nous voulons sortir d'ici… Ne t'inquiète pas, on sera de l'autre côté avant que tu aies le temps de dire « cage thoracique ».

La maîtresse s'engage lentement dans le tunnel. Tout à coup, des lumières vertes s'allument une à une dans l'obscurité. Les squelettes sont de retour !

Ils commencent à gesticuler autour de nous. L'un d'eux colle son crâne tout contre ma fenêtre. Je me recule en poussant un cri, et je plonge sous mon siège ! Soudain, le bus se retrouve en pleine lumière.

Je hurle :

– Vite, mademoiselle, sortez-nous de là !

– Je ne peux pas, un squelette me barre le passage !

En effet, un des squelettes se tient debout devant le bus, bras écartés. En examinant les lieux, je m'aperçois que nous sommes dans un immense atelier où sont installées les machines à coudre. Les tables sont couvertes de chutes de tissus et d'outils. C'est vrai qu'on fabrique des déguisements, dans cette usine... Je l'avais presque oublié ! Un des squelettes s'approche de la portière du bus.

– N'ouvrez pas, mademoiselle ! supplie Arnaud.

Mais Mlle Bille-en-Tête, qui n'a pas froid aux yeux, débloque la porte et descend à la rencontre du squelette... qui arrache soudain sa cagoule ! Le visage d'une jeune femme apparaît. Je la reconnais immédiatement : c'est la dame qui s'occupait des costumes de Dracula.

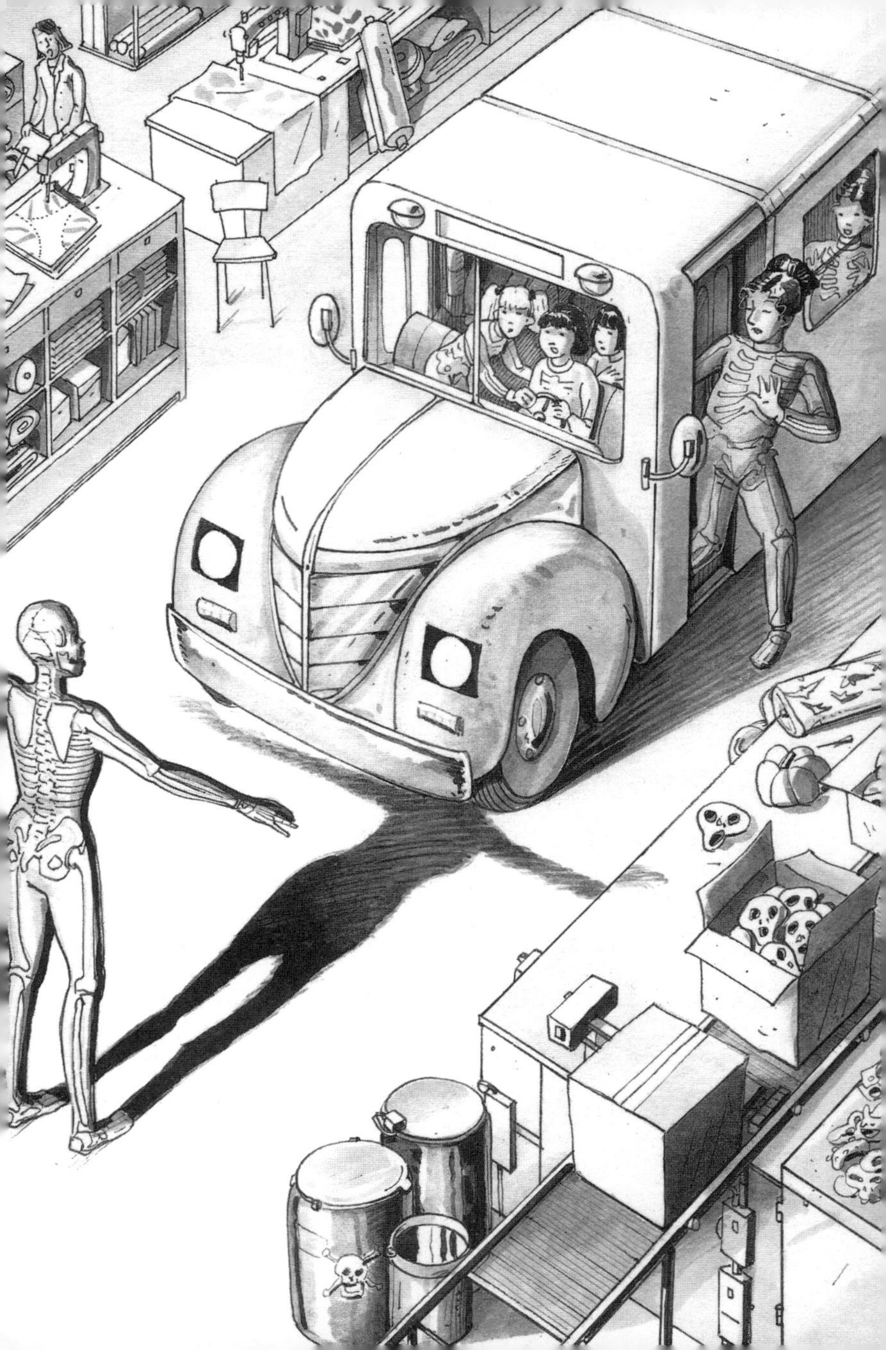

– Bonjour, je m'appelle Sally. Je travaille ici. Désolée de vous avoir effrayés. Mais, quand nous avons vu que vous visitiez l'usine, nous avons profité de l'occasion pour tester notre nouvelle collection de costumes électriques.

Sally nous fait une démonstration : elle enfonce un interrupteur qui pend au bout de la manche du déguisement. La lumière verte s'allume. Elle appuie de nouveau sur l'interrupteur et la lueur s'éteint.

– Vous nous avez fait une de ces peurs ! s'exclame Véronique.

– Pfff ! soupire Arnaud. Moi, j'ai tout de suite vu que c'étaient de faux squelettes...

9

La surprise !

C'est l'heure des adieux. Au moment de monter dans le bus, une voix appelle :

– Mademoiselle !

C'est M. Haussmann, le directeur de l'usine, qui arrive en courant. Il tient à la main une grosse boîte, qu'il tend à notre maîtresse :

– Cadeau ! C'est pour nous faire pardonner toutes les frayeurs que nous vous avons causées !

Cette fois, j'en suis sûre : notre maîtresse et le directeur ont bien échangé un clin d'œil.

Mlle Bille-en-Tête soulève le couvercle

de la boîte. Des cagoules pour nos déguisements ! Des os en feutrine sont fixés dessus. Ils représentent les os du crâne. Désormais, nos déguisements sont vraiment complets. Il y a même un petit costume pour Lise !

La maîtresse remercie le directeur. Nous attachons nos ceintures et quittons l'usine. Dès que nous avons tourné le coin de rue... wouf ! le bus se transforme en avion magique.

Le retour en classe est nettement plus calme que notre expédition dans le hangar aux squelettes !

Et il nous reste juste assez de temps avant la fête pour une leçon... sur le crâne. Mlle Bille-en-Tête nous présente une dernière planche.

La boîte crânienne

La tête est un ensemble de 22 os qui forment la face, le front et la boîte crânienne elle-même, une sorte de casque protégeant le cerveau.
Tous les os du crâne sont soudés, sauf la mâchoire du bas, qui est articulée.
C'est dans le crâne qu'est situé le plus petit os : l'étrier. Il se trouve dans l'oreille, et n'est pas plus gros qu'un grain de riz !

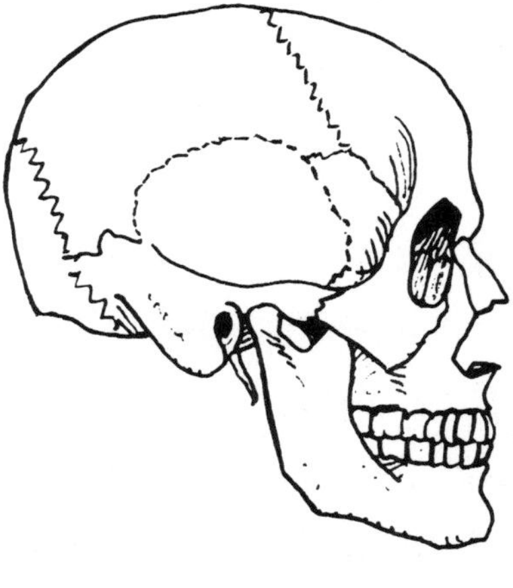

– C'est bizarre, dit Ophélie. Je ne vois pas l'os du nez...

– C'est parce que ton nez n'est pas vraiment un os, explique Mlle Bille-en-Tête, mais du cartilage, un tissu plus mou. C'est pour cela que tu peux faire bouger ton nez, comme tes oreilles d'ailleurs, qui sont aussi faites de cartilage.

La maîtresse frappe dans ses mains :

– Allons, fini de travailler ! Il est temps de faire la fête. Ne bougez pas, je reviens !

Elle s'absente un instant. Nous nous regardons sans comprendre. Quelle surprise la maîtresse nous réserve-t-elle encore ? Elle revient avec un chariot couvert de gâteaux à la citrouille et de biscuits en forme de squelettes.

Finalement, nous allons avoir un chouette Halloween !

Fin

QUIZZ

Le lendemain matin, Raphaël demande à la maîtresse :

– Est-ce que tous les animaux ont un squelette ?

– Pas tous, non, répond-elle. Certains animaux, comme les humains, possèdent des vertèbres : ce sont les vertébrés. Mais les insectes, les vers, les méduses, et un million d'autres espèces, n'ont pas de colonne vertébrale : voilà pourquoi on les appelle les invertébrés. Dans le monde, les invertébrés sont beaucoup plus nombreux que les vertébrés.

Serais-tu capable de reconnaître les squelettes de cinq vertébrés ?

Pour t'aider, voici deux indices :

– Tous ces animaux existent encore dans la nature.
– Les vertébrés vivent sur terre, mais aussi dans l'eau.

1

3

2

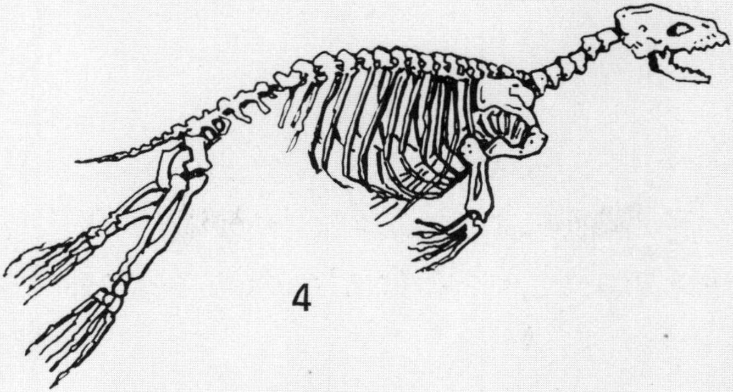

4

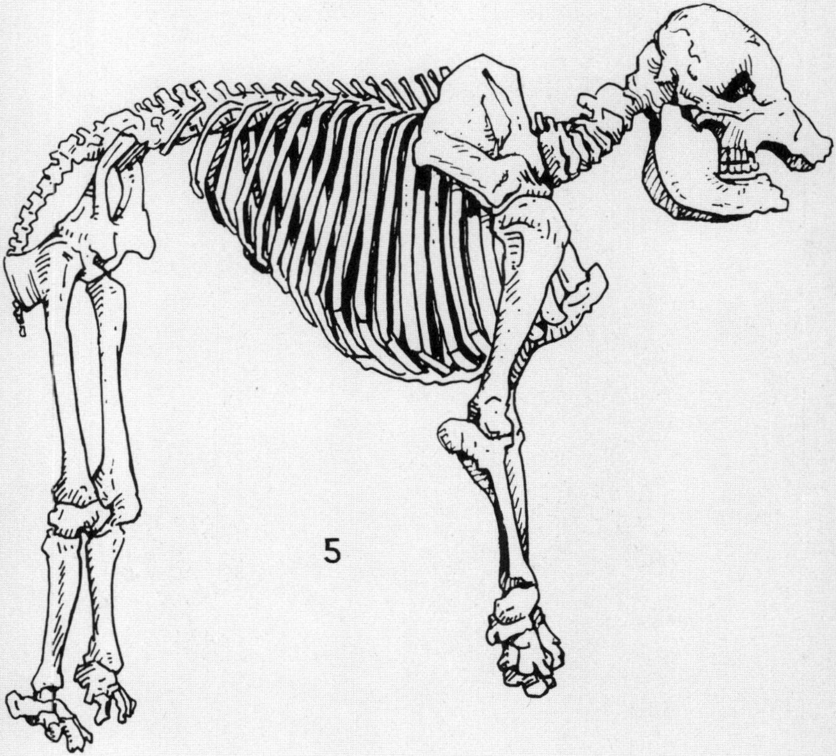

5

RÉPONSES : 1. grenouille - 2. écureuil - 3. pingouin - 4. phoque - 5. éléphant

Si tu as aimé ce livre,
tu peux lire d'autres histoires
dans la collection

Le Bus Magique

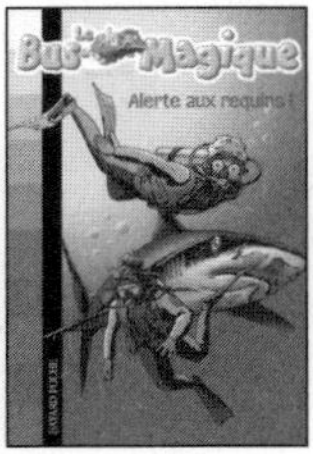

DVD VIDEO
Scholastic
Le Bus Magique
Le Corps Humain
UFG junior